토드 선장과 우주 해적

SEOUL, 2018

토드 선장과
우주 해적

제인 욜런 글 · 브루스 데근 그림 · 박향주 옮김

시공주니어

토드 선장과 우주 해적

초판 제1쇄 발행일 1998년 12월 24일
개정1판 제1쇄 발행일 2003년 6월 10일
개정2판 제1쇄 발행일 2018년 4월 20일
개정2판 제9쇄 발행일 2022년 3월 20일
글 제인 욜런 그림 브루스 데근 옮김 박향주
발행인 박헌용, 윤호권 발행처 (주)시공사
주소 서울시 성동구 상원1길 22, 6-8층 (우편번호 04779)
대표전화 02-3486-6877 팩스(주문) 02-585-1247
홈페이지 www.sigongsa.com/www.sigongjunior.com

COMMANDER TOAD AND THE SPACE PIRATES
written by Jane Yolen and illustrated by Bruce Degen
Text Copyright ⓒ 1987 by Jane Yolen
Illustrations Copyright ⓒ 1987, 1997 by Bruce Degen
All rights reserved.
This Korean edition was published by Sigongsa Co., Ltd. in 1998 by arrangement
with Jane Yolen c/o Curtis Brown, Ltd., New York, NY and Puffin, a division of
Penguin Young Readers Group, a member of Penguin Group (USA) LLC,
A Penguin Random House Company through KCC, Seoul.

ISBN 978-89-527-8639-5 74840
ISBN 978-89-527-5579-7 (세트)

*시공사는 시공간을 넘는 무한한 콘텐츠 세상을 만듭니다.
*시공사는 더 나은 내일을 함께 만들 여러분의 소중한 의견을 기다립니다.
*잘못 만들어진 책은 구입하신 곳에서 바꾸어 드립니다.

KC마크는 이 제품이 공통안전기준에 적합하였음을 의미합니다.
제조국 : 대한민국 사용 연령 : 8세 이상
책장에 손이 베이지 않게, 모서리에 다치지 않게 주의하세요.

재미있는 낱말을 알려 준
데이비드, 하이디, 애덤, 제이슨, 그리고 앤드루에게
- 제인 욜런

이 우주 비행사 훈련생에게 친절과 배려를 베풀어 준
아트 그린버그, 버니 래티너, 그리고 앤 테이처에게
- 브루스 데근

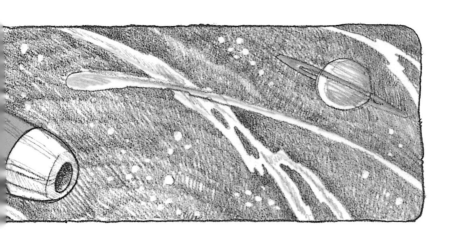

기다란 초록색 우주선들이
드넓은 우주를 날아갑니다.
우주는 깜깜하고 고요하지요.
그중에 기다란 초록색 우주선 하나,
우주선의 이름은
'별똥들의 전쟁'호.
우주선의 선장은
용감하고 지혜로운 선장!
지혜롭고 용감한 선장!
그 이름도 위대한
토드 선장!

우주 함대를 다 살펴봐도
토드 선장만큼 훌륭한 선장은 없습니다.
위대한 토드 선장은
한 번도 가 본 적 없는 우주로
우주선을 몰고 갑니다.
새 행성을 발견하라!
은하계를 탐험하라!
지구의 한 줌 흙을 외계로 가져가라!

토드 선장을 따르는 대원들은
모두 씩씩하고 용감합니다.
부조종사는 엄청생각 씨,
기관사는 나리 중위,
컴퓨터 담당은
막내 대원 공중제비입니다.

그리고 의사는 닥터꼼꼼 씨.
초록색 풀잎 가발을 쓰고
모든 대원들이 폴짝팔짝
건강하도록 보살피지요.

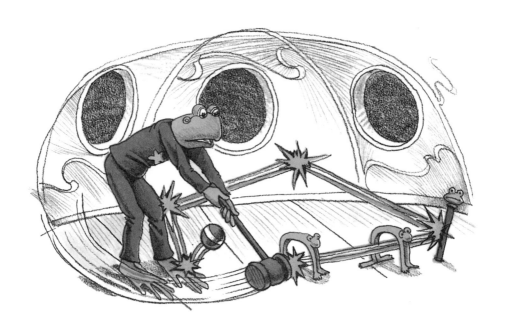

너무나 길고 지루한 여행입니다.
아무 일도 일어나지 않았거든요.
대원들은 여러 가지 놀이를 했습니다.
등 짚고 뛰어넘기 놀이와
사방치기 놀이,
개굴-크리켓 놀이를
각각 서른다섯 번이나 했지요.
이제 놀이도 싫증이 났습니다.

대원들은 책도
수없이 많이 읽었습니다.
《로빈 두꺼비》,
《오즈의 도마뱀》,
《백설 공주와 일곱 사마귀》를
각각 마흔일곱 번씩 읽었지요.
책 읽기도 지겨워졌어요.

대원들은 영화도
많이 많이 많이 봤습니다.
〈개구리 왕눈이〉,
〈두꺼비 전사〉,
〈인디애나 개구리〉,
〈비운의 나리꽃 자리〉를
각각 쉰아홉 번씩 봤지요.
영화 보기도 지루해졌어요.

청소 잘하는 올챙이가
가장 훌륭한
개구리가 된다.
—토드 선장

"왜 이렇게 할 일이 없지?
신나는 모험이나 했으면…….
우주선 생활은
지루하고, 따분하고, 심심해."
막내 공중제비가
하품을 하면서 투덜댔습니다.

토드 선장이
흩어진 상자 더미와 가방들을
가리키며 말했습니다.
"이 난장판을 정리하도록!
모두 함께 치운다!
그러면 아무도 지루하지 않을걸?"

그러나 엄청생각 씨와
나리 중위와 닥터꼼꼼 씨는
깊이 잠들어 있었습니다.
그 일을 할 대원은
막내 공중제비밖에 없었지요.
공중제비가 혼자서
상자 더미와 가방들을
쌓아 올리고 있는데……

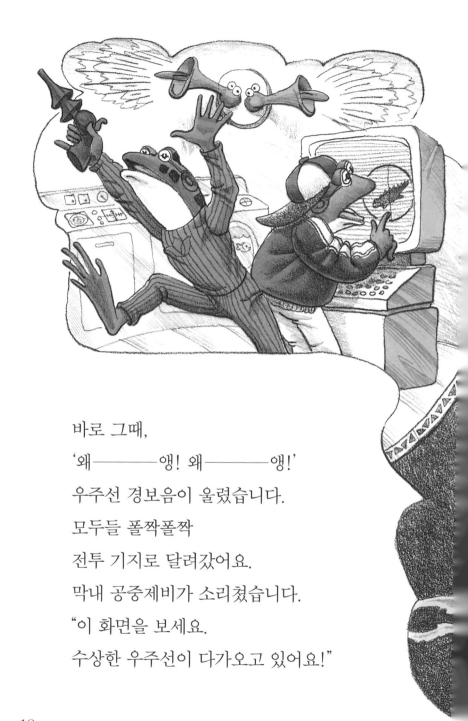

바로 그때,

'왜————앵! 왜————앵!'

우주선 경보음이 울렸습니다.

모두들 폴짝폴짝

전투 기지로 달려갔어요.

막내 공중제비가 소리쳤습니다.

"이 화면을 보세요.

수상한 우주선이 다가오고 있어요!"

모두들 창밖을 내다보았습니다.
시커먼 우주선이 점점
다가오고 있었어요.
시커먼 우주선 옆 부분에는
하얀 뼈다귀 위에 하얀 해골이 그려진
해적 표시가 있었습니다.

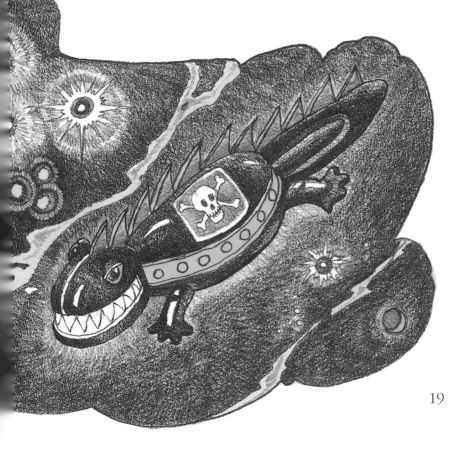

"어서 빨리 자기 위치로!
저것은 도롱뇽 선장의 우주선이다.
도롱뇽 선장은 내 오랜 적이야.
예전에는 '하늘의 채찍',
'은하계의 불량배',
'우주의 뱀'이라고 불리기도 했지.
생긴 것도 험상궂은 데다
어리석고, 사납기까지 하다.

빨리 방향을 돌려라!
도망칠 수 있을 때 도망쳐야 한다."
토드 선장이 다급하게 말하자
나리 중위가 따져 물었어요.
"용감하고 지혜롭고,
지혜롭고 용감해야 한다더니
어떻게 된 거예요?
용감한 전투와 명예는 어쩌고요?"

토드 선장은

나리 중위의 말에도

아랑곳하지 않고

이 버튼을 눌렀다가,

저 손잡이를 당겼다가,

도르래를 굴렸다가 하며,

우주선을 조종하느라 정신이 없었어요.

"선장님께서는 싸우는 것보다
도망치는 것이 낫다고 생각하시네.
특히, 적이 우리보다 총을
더 많이 갖고 있을 때는 말이야."
엄청생각 씨가 사방에 총이 달린
시커먼 우주선을 가리키며 말했습니다.

그러나 도망치기에는 너무 늦었어요.
우주 해적선은 올가미 광선을 쏘아
별똥들의 전쟁호를
옴짝달싹 못 하게 한 뒤,
별똥들의 전쟁호 옆 부분에
괴상한 사다리를 걸쳤습니다.

해적들이 사다리를 건너왔습니다.
주르르 미끄럼을 타면서,
소리를 지르면서,
서로 앞서거니 뒤서거니 하면서,
팔딱팔딱 뛰어오는 꼴이
무척 사나워 보였어요.

우주선 문이 홱 열리더니
해적들이 안으로 쳐들어왔습니다.
온몸이 미끈미끈한
도롱뇽 선장이 앞장섰어요.
선장은 콧수염을 비비 꼬며
소리쳤습니다.
"으하하, 요 별똥 놈들아!
내가 바로 도롱뇽 선장이시다.
험상궂고, 어리석고,
사납다는 소문이 파다할걸."
"어때? 내 말대로지?"
토드 선장이 속삭였습니다.

도롱뇽 선장은 계속해서 소리쳤습니다.
"어떤 이들은 나를
'하늘의 채찍'이라고 부른다.
또 '은하계의 불량배'라고도 하고,
'우주의 뱀'이라고도 부르지.
하지만 너희들은 '각하'라고 불러라!"
그러자 도롱뇽 선장의 부하들이
"네, 각하!" 하고 소리치고는
별똥들의 전쟁호 대원들을
험상궂게 노려보았습니다.

"너희들도 나를 '각하'라고 불러라."
도롱뇽 선장이 콧수염을 비비 꼬고
씩 웃으면서 명령했습니다.
"어떤 일이 있어도 그렇게는 못 해."
토드 선장이 거절했어요.

"나도 절대로 못 해요."
나리 중위도 마찬가지였지요.
"절대로 못 하고말고."
막내 공중제비도 꽥 소리치며 말했어요.
엄청생각 씨는 아무 말도 하지 않았지만,
초록색 얼굴에는 싫은 기색이
뚜렷했어요.

닥터꼼꼼 씨는 어땠냐고요?
닥터꼼꼼 씨는
공중제비가 쌓아 놓은
상자 더미와 가방들 뒤에
숨어 있었어요.
상자 더미와 가방들 속에는
붕대와 부목과 혀 막대가
잔뜩 들어 있었지요.

"나를 '각하'라고 못 부르시겠다?
아휴, 지겨워.
처음에는 다들 그렇게 말하지."
도롱뇽 선장이 콧수염을 비비 꼬며
크게 하품을 했습니다.
선장의 부하들도 하품을 했어요.
하나가 하니까
그 옆의 다른 해적이 하고,
그 뒤의 해적도 하고,
또 그 뒤의 뒤의 해적도 하고,
또 그 뒤의 뒤의 뒤의 해적도 했지요.

"지겨울 때 내가 뭘 하는지 아느냐?"
도롱뇽 선장이 물었습니다.
그러자 온몸이 미끈거리고
한쪽 눈을 안대로 가린,
선장의 부하 하나가 손을 들었어요.
"책을 읽으십니다."
"독서는 따분해!"
도롱뇽 선장은 절레절레
고개를 가로저었습니다.

이번에는 모자에 깃털을 꽂고
날카로운 이빨에
커다란 금귀걸이를 한 해적이
꼬리를 들었어요.
"그럼 영화를 보시나요?"
"그건 곱빼기로 따분해."
도롱뇽 선장이 대답했어요.

문어발 촉수와 갈고리 발톱을 가진 해적이
눈썹을 추켜올리면서 간사하게 웃었어요.
"제가 정답을 맞혀 볼까요?
놀이를 하십니다."
도롱뇽 선장은 콧수염을 비비 꼬며
히히 웃었습니다.
물론 듣기 좋은 웃음은 아니었어요.

"난 등 짚고 뛰어넘기 놀이는 하지 않는다.
개굴-크리켓 놀이도 재미없지.
나는 말이지……."
도롱뇽 선장의 말에
해적들이 모두 푸하하 웃었습니다.

품위 있는 웃음은 아니었어요.
해적들은 제자리에서
팔딱팔딱 뛰면서
다 함께 소리쳤습니다.
"널빤지 뛰기 놀이요!"
"옳거니, 바로 그거야! 으하하!
그게 바로 내가 제일 좋아하는 놀이지."
도롱뇽 선장이 외쳤습니다.

"도대체 뭘 한다는 거예요?"
나리 중위는 궁금했습니다.
그러나 토드 선장은
대답이 없었어요.
토드 선장은
이마에 손을 얹고는
나지막이 중얼거렸습니다.
"널빤지 뛰기라, 후유."
그러고 나서 토드 선장은
선장석에 털썩 주저앉았어요.

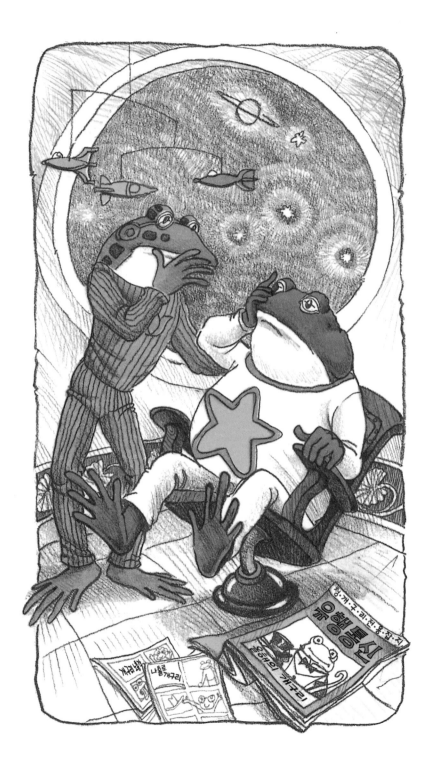

마침내 해적들이
일을 벌이기 시작했습니다.
해적들은 토드 선장을
꽁꽁 묶었지요.
나리 중위도 꽁꽁 묶었어요.
엄청생각 씨도 꽁꽁 묶었습니다.
막내 공중제비는
컴퓨터 바로 앞에 꽁꽁 묶었어요.

그러나 닥터꼼꼼 씨만은
꽁꽁 묶지 못했습니다.
왜냐고요?
닥터꼼꼼 씨는 여전히
붕대와 부목,
그리고 혀 막대로 꽉 찬
상자 더미 뒤에,
가방들 뒤에
숨어 있었기 때문이지요.

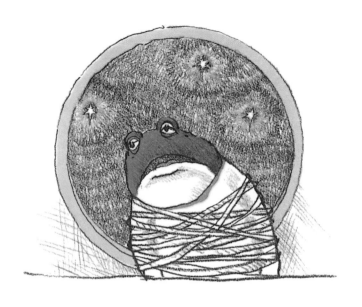

해적들은 서로
어깨를 툭툭 치다가,
등을 두드리기도 하고,
꼬리를 꼬집기도 하며,
낄낄 웃어 댔습니다.
도롱뇽 선장이
가장 크게 웃었습니다.
잠시 뒤에 도롱뇽 선장이
손뼉을 짝짝! 쳤습니다.
"얘들아, 널빤지를 만들어라!"

해적들은 대원들의 이층 침대에서
받침대를 뜯어내 이어 묶었습니다.
"널빤지가 준비됐습니다, 각하!"
도롱뇽 선장이 다시 한 번
손뼉을 짝짝! 쳤어요.
"널빤지를 들어라!"
해적들은 널빤지를 들어 올려
문 쪽으로 가져갔습니다.

도롱뇽 선장은 세 번째로
손뼉을 짝짝! 쳤습니다.
"널빤지를 내려라."
해적들은 널빤지를 무릎 위에
내려놓고 균형을 잡았습니다.
그러고는 토드 선장을
널빤지 한쪽 끝에 올려놓고
헝겊으로 눈을 가렸지요.

해적들은
"뛰어가! 폴짝팔짝!"
하고 소리치면서,
토드 선장의 등을
떠밀어 버렸습니다.
토드 선장은 바닥에 나동그라져
그만 코를 찧고 말았어요.
토드 선장의 기분이 어땠을까요?
폴짝팔짝 뛸 정도로
행복하지는 않았겠지요.

"잘 들어라."
도롱뇽 선장이 별똥들의 전쟁호의
대원들에게 말했습니다.
"폴짝팔짝 협조하지 않으면
모두 널빤지 위에서 뛰게 할 테다.
너희들은 우주선 안이 아니라,
우주선 밖으로
뛰어내려야 한다.

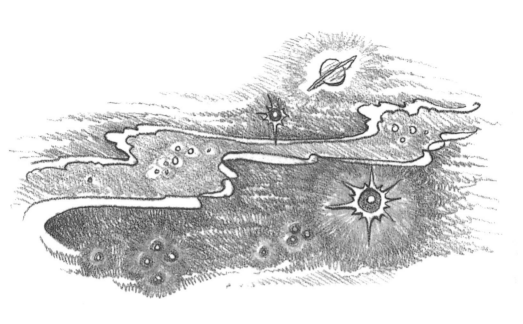

한 가지 다행인 것은
코를 찧을 일은 없다는 거다.
바깥 우주에는 코를 부딪칠
바닥이 없으니까.
끝도 없고 바닥도 없는
드넓은 우주를 영원히
빙글, 빙글, 빙글
떠돌아다니겠지?"

도롱뇽 선장은 콧수염을 비비 꼬며
사악하게 웃었습니다.
토드 선장은 침울해 보였어요.
나리 중위는
화가 난 얼굴이었어요.
엄청생각 씨는
생각에 잠긴 것 같았고요.
그리고 막내 공중제비는
겁에 질린 표정이었어요.

그러나 초록색 풀잎 가발을 쓴
닥터꼼꼼 씨가
어떤 표정을 짓고 있는지는
아무도 몰랐습니다.
왜냐하면 붕대와 부목,
혀 막대로 꽉 찬
상자 더미와 가방들 뒤에
숨어 있었기 때문이지요.

도롱뇽 선장이
부하들에게 말했어요.
"자, 나의 끈끈이들아,
이 우주선에
우리가 가져갈 것이
얼마나 있는지 뒤져 보자꾸나."
해적들은 찬장을 뒤졌어요.
벽장도 뒤졌고요.
침실에도 몰려들어 갔어요.

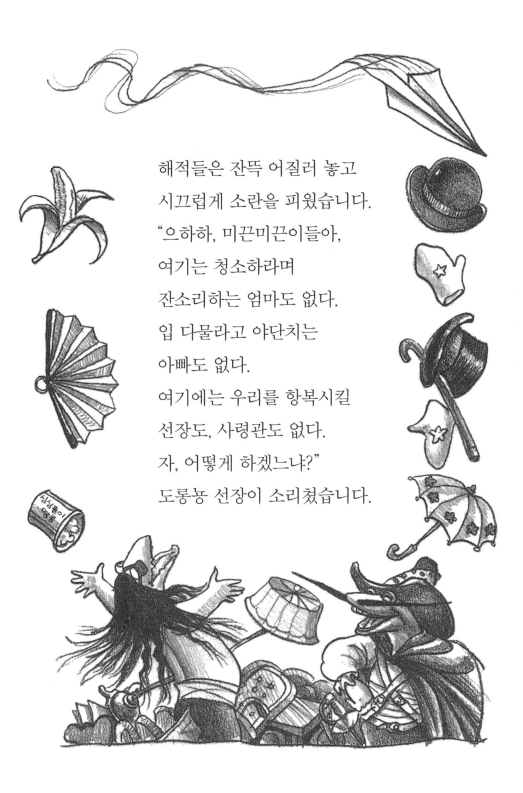

해적들은 잔뜩 어질러 놓고
시끄럽게 소란을 피웠습니다.
"으하하, 미끈미끈이들아,
여기는 청소하라며
잔소리하는 엄마도 없다.
입 다물라고 야단치는
아빠도 없다.
여기에는 우리를 항복시킬
선장도, 사령관도 없다.
자, 어떻게 하겠느냐?"
도롱뇽 선장이 소리쳤습니다.

해적들은 주변을
둘러보았습니다.
더 이상 어지를 것이 없었어요.
더 이상 찢을 것도 없었어요.
한쪽에 쌓여 있는
붕대와 부목,
혀 막대로 가득 찬
상자 더미와 가방들을 빼고는요.
해적들은 모두 그리로
부리나케 달려갔습니다.

바로 그때,

상자 더미와 가방들 뒤에서

뭔가 커다란 것이 나타났습니다.

온몸을 하얀 붕대로 감싸고,

양팔에는 부목을 대고,

머리에는 초록색 풀잎 가발을 썼어요.

마치 미라같이 보였어요.

마치 미라처럼 걸었고요.

마치 미라처럼 말했습니다.

"깨끗이 치우지 않으면 과자는 없어."
미라는 긴 양팔을 딱딱 맞부딪치더니
한 해적의 엉덩이를 철썩 때렸어요.
"치울게요, 미라님."
해적이 말했습니다.
미라는 다른 해적의 따귀를 때렸어요.
그러자 해적이 싹싹 빌었어요.
"당장 할게요, 미라님."

이번에는 미라가 도롱뇽 선장의
꼬리를 철썩 때렸어요.
"무엇이든 말씀만 하세요, 미라님."
해적들은 서로 앞서거니 뒤서거니,
미끄러지고 고꾸라지면서,
팔딱팔딱 뛰어다니며,
어질러 놓은 것들을 치우기 시작했어요.

얼마 지나지 않아 별똥들의 전쟁호는
원래 모습을 되찾았습니다.
해적들이 바쁘게 청소하는 동안
미라도 눈코 뜰 새 없이 바빴습니다.
미라는 대원들 몸에 감겨 있던
줄을 잘라 주었습니다.

토드 선장과 대원들은
벌떡 일어나서
해적들 모두를 재빨리
사로잡았습니다.
도롱뇽 선장은 콧수염을
너무 세게 꼬아서
한쪽 수염이 그만
뽑히고 말았어요.

토드 선장은 껄껄 웃으면서
남은 한쪽 수염마저 뽑아 버렸지요.
도롱뇽 선장도 껄껄 웃었습니다.
토드 선장은 널빤지에서 떨어질 때
다친 코를 문지르며 말했습니다.
"꽤 대단한 모험이었지?
별똥들의 전쟁호에 탄 것을
환영하네, 옛 친구.
이리 와서 이제는 따분하지 않을
우리 대원들과 인사를 하게나."

"그럼 이게 장난이었다는 말씀입니까?"
막내 공중제비가 어리둥절해하자
토드 선장이 빙그레 웃었습니다.
도롱뇽 선장도 웃으며 말했습니다.
"우주 함대에서는
전 대원들이 늘 최고의 상태로
생활하기를 바랍니다.
항상 폴짝폴짝하고,
팔짝팔짝한 상태가 좋겠죠!"

도롱뇽 선장은
콧수염이 있던 코 밑을 문지르며
토드 선장에게 물었습니다.
"우리, 책과 영화를 바꾸어 볼까?"
그래서 두 우주선의 대원들은
서로 바꾸고 또 바꾸었어요.
대원들은 제각기
많은 새 책과 새 영화를
갖게 되었습니다.
대원들은 이제 따분하지 않을 거예요.

해적들은 노래를 부르고 손을 흔들며
자기네 우주선으로 돌아갔습니다.
"잘 가요, 안녕히 가세요."
별똥들의 전쟁호 대원들이
소리쳐 인사했습니다.
"폴짝폴짝, 우주선 출발!"
토드 선장이 명령했습니다.
우주선이 은하계를 가로질러
폴짝폴짝 날아갑니다.
이 별에서 저 별로,
저 별에서 또 다른 별로.